ぼくの楽《らく》園《えん》

Higashikawa Kinuko
東川絹子
詩集

編集工房ノア

ぼくの楽園《らくえん》　東川絹子詩集　目次

装画　東川　楓
装幀　森本良成

*

ぼくの終戦

「全員　逆立ち！」
おとなはいつだって命令する
突然
教室から外へ
なにがどうしたというのだ

逆立ちができない子は運動場からも追い出される
倒れたら　ぼくが前後左右の誰かを押し倒すから
懸命に両腕で突っ張る

夕陽が赤々と顔を照らし
ぼくたちは逆立ちを続ける

筋肉が痙攣し
体が棒状に震える
大小の影が順番に　倒れていく
暗くなってしまった
苦しげな呼吸　唾と砂が混じった口から　悲鳴が洩れる

Tシャツの裾が下に落ちてきて　腹も臍も見える
下着がずれて　顔が半分隠れた子
上着が鼻にかぶさって　息がしにくくなった子
みんな自分の両足が重い
パパもママも　誰も迎えにこない

馬跳び

体育の授業で　馬跳びがあり
わたしたちのチームは　優勝したくて必死だ

クラスの同級生は
美しい茜のなか　シルエットができるまで練習した

その頃　わたしは病気がちだった
友だちの背中を飛び越えられず　立ち止まってばかりいた

ガキ大将のKはわたしの番が来ると　チーム全員に腰を低くするよう命令した
背中にわたしの手がつく瞬間　「うまいぞ！」低く声をかけてくれた

同窓会で　彼のことを聞いた
周りの誰が居なくなっても　さして気にとめない年齢に達していたわたしたち

顔も名前も忘れた
だが掌は　優しい背中を覚えている

Kは軽々と
同級生の背中を跳び越えて逝ってしまった

友だちの翅

白い翅の輪郭が緑色に光る
幼い日　アナゼミが羽化するのを
夜中に起きてじっと待った

あなたと知り合って数十年になるというのに

一緒に夜明けを見たことも
あなたの心音を聞いたこともない

お互いに思いもかけずやってくるものを知りながら
ちいさく手を振り　それぞれの駅へ
振り向いて　丸い背中へ軽く会釈する

ほんものの亀

午後の光が湖面を翳らすころ
親子の亀がのる岩に　波頭がついたりはなれたりして寄せ返す
「亀の唯一の友は何だと思う」
幼い亀は答える
「雲ですか」
「水藻ですか」

「あめんぼですか」
「いいや」
親亀は首をもたげ遠くを見つめ
「時間を友としてこそ　亀はほんものの亀になっていく」と
子亀は思う
「時間ってほんとうにあるんだろうか　あるのは空間だけではないか」

ぼくの就職

やっと就職した　ぼくの仕事はりんごになることだ
役者ではない
なんでもりんごの細胞が腐り蝕まれていくのと
人間性に歪みが生じていくのは　同じ速度だという
それを実証していくのがぼくの新しい仕事だ

十七回の会社訪問のあげく　十六回の面接全てが不採用だった
自分を勇気づけ
自信を持たせる焦燥感で　なにをするのも嫌になりかけていた

そのぼくに　仕事が与えられたのだ
お金がないと部屋代も払えない

ぼくの目の前に一個のりんごが置かれ　毎日りんごと対峙する
といっても身動きひとつしてはいけない
それが辛いだけでぼくは仕事をもらえた喜びでいっぱいだ
今のぼくは満面の笑みを浮かべた紅玉だ
就職しないでアパートの一室にいたぼくこそ　瞑想にも最適だ

ぼくがりんごである限り沢山のりんごを想像できる
ぼくが成長していくための時間も場所もある
ぼくはりんご仲間の中で最高に大きく色つやを増していく
ジョナゴールド　祝い　さきがけ　国光
やがて　ぼく自身の甘味と酷がぼくを蝕んでいく

流転

十六歳でご入洛
働いて　少しばかりお金を貰いました
小銭を上手に遣いました
結構楽しく過ごせ

安物しか買えないわたしですが
西陣の店先で
男に呼びとめられました
こころをあげました

金なら　愛してやるが
こころは重荷とばかり
男は夜ごと大暴れ
やっとのことで逃げ出し

それから
お金と男には縁がなく
おこがましくも　賀茂の河原の都鳥
水の哲学なんぞにはまって

背中

わたしがまだ生きているのは
あなたに逢ったとき　きちんと正座して
まむかいに挨拶したいからです
それまでに
膝の痛みを少しでも治します

昔ラジオで「尋ね人」の番組のはじめに
童謡♪里の秋♪のメロディが流れていて
わたしはまだ産まれて間もないのに

その曲の向こうで　あなたの背中が
消えていきます

ごめんなさい
実は特定のあなたではなく
この年齢になると複数のあなたが立ち現れ
男でも　女でもなく
娘でも老婆でもないよう

飢えるように逢って
逢いながらじきに過去になり
都会で　居なくなった
誰とも知れぬ
懐かしい人を探して

わたしがまだ生きているのは
あなたに逢ったとき
きちんと挨拶し
固く抱擁して別れたい
からです

ぼくの煙突

地上には煙突が一本だけ残っている
赤と白のテープを巻いて　雲に最も近い物体として立っている
赤い線を螺旋状に昇っていけば　夕焼けの土地に着き
白い線をたどっていけば　白夜の国へ行ける
雨の日には雷を呼び　暴風の日には唸り声をたてる

煙突の中にはとぐろを巻く獰猛な生き物がいる
いつもは怪獣のしっぽのように動かない

業火の果てのぬくもりがたなびいて
誰かがなくした魂　ありとあらゆるゴミの燃えカス
神々のたたずまいが怒り出す

朝　地表全体がひっそりとして　憎しみを整備するので
花壇の花たちは全部作りもののよう
夜になると煙突は
地球の喉となり　肛門となって点滅する
一本だけ生き残って

注　福岡県大牟田市三池港にある煙突

地下鉄

1

人々は下を向いてメールを打つかゲームをしている　イヤホンをして
リズムをとっている人もいる　このまま降りないでいたら天国に着く
と思っているのか　それとも自分の降りる駅がないのか　乗客は駅に
着くたび増えていく　車中は楽しいことだらけ　掏摸　お触り　抱き
つき　凭れ　居眠り　興じているうち　降りることを忘れてしまう

夜の電車は昼より乗客が多い　全員が終着駅まで行くつもりか　その

先に何が待っているのか　わからなくても　みんなといることで安心
している　一緒だったらどこでもいいのかもしれない　わたしの住ま
いは築六十年の集合木造アパートだ　考えたくないから男女の体臭に
酔ったふりをして　鼻栓をする

2

毎朝同じ駅で地下鉄のドアが開くと押し出される　エスカレーターに
乗せられ　高いビルの倉庫に山積みされる
入念なスケジュール管理のもと　ふたたび動き出す

時々　ガサゴソと勝手に動いた小包が　自殺にみせかけ排気窓から放
りだされることがある
邪魔で御用済み　と思わせるため

3

卵頭をした子どもたちが乗っている
互いにぶつかったり喧嘩しようものならすぐ命取りになる
だから子どもどうしでもある距離を保つ

地下鉄だというのに　子ども車輌だけ窓をスクリーンにして様々な画面が映し出される　ゲームか　漫画　科学雑誌の宇宙物に　スポーツ観戦
どの子もときどき　鳥獣の奇声を発してうそぶく　卵頭は孵るのだろうか

4

ほとんどが暗いトンネルを通過するから　地上に向かう時は陽射しを
満身に浴び　ジュラルミン光りしながら魚雷のように昇っていく
車輛ごとに色とりどりに透き通る
湧き立つ風は金色にしゅるるとまとい付き　碧い空からは雲の喚声が
聞こえる

わたしの目の前を通り過ぎる車輛には誰も乗っていない
優先席もあるし　吊り革も見慣れた企業の広告もぶら下がっているの
に　決まって早く通り過ぎる
なあんだ　よく見ると回送と書かれている　どこから来てどこへ送ら
れるのか　回送車ばかりでわたしはここへ放置されるってわけ

放浪

巨きすぎるステーションビルで
どこへでも行けそうで　行けない
いくつものホームで
ぼくの行き先が迷い子になる
ぼくの着く駅は廃線の彼方

数人掛けの座席に見知らぬどうしが
お尻とお尻をくっつけたまま
おたがいの息を吸ったり吐いたり

動く箱に閉じ込められている
目的地のない列車が次々と発車していく

昨夜ぼくのベッドの横に
炭坑のトロッコ列車が臨時停車した
男たちの炭塵にまみれた顔にヘッドランプが光る
歌まじりに卑猥な会話を交わし
石炭がめらめらと燃える洞の駅へと消えていった

乗っても　降りても到着地点はなく
始発駅には戻ってこれない
靴を脱ぐだけで身もこころも軽くなるから
寝台から　ぼくは素足で跳び下りる
どこかの石炭層では再爆発が起こっているに違いない

ただいま

玄関ドアを開けると
四歳の息子と二歳の娘が待っている
ひとかかえにして一気呵成に抱く

子どもたちは成長して
ドアを開けっぱなしにして出て行った
「さよなら　元気でね」

老いた母が玄関マットに座って待っている

着物の裾をちぎりながら
肩を抱くたび薄く軽くなっていった

五階から　猫のミィの鳴き声がする
いそいでエレベーターに乗り　扉が開くと
爪を立てて跳びかかって来た

「ただいま」
居ないみんなの名を呼びながら
わたしは　わたしの肋骨を抱いている

ぼくの楽園

ぼくは地球上にたった一人残された
両親も祖父母もクラスの友だちもいなくなってしまった
淋しさ　悲しさはともかく
一種不思議なうれしさのようなものもこみあげてくる

恋をしていた　焼け残った木の根元に咲く一輪の花に
ぼくは両足を揃え膝まで土に埋まり花の傍を離れなかった
名も知らない花は雨が降ると泣いた　雨がやむと甘い香りで誘った
そよ風が吹くと同じ方向に揺れた

花との暮らしは気持ちが良かった
けれど　木の葉が黄色くなり舞い落ちる頃になると
花は急に萎れ立つことすらできなくなった
ある朝　ぼくを残してさよならも言えず消えてしまった

そんなぼくを頭上の樹は見守っていた
小枝をふるわせすっぽりと枯葉でおおってくれた
夜ごと　星の子守唄が流れ抱かれたまま眠った
ぼくは雄々しい樹に魅かれていった

だけど　どんなに頑張ってもぼくは樹のように大きくなれなかった
空を見上げるたび　ぼくは木洩れ陽の紡錘形に包まれる
両手を広げたまま金属状の繊維になり小さく回りだす

ぼくに似合っているかもしれない

ぼくを人と名づけるものも呼ぶものもいない
なんにでもなれる可能性を秘めて
ぼくの半身を　神がとおっていく

終焉

人生をうまく泳いできたが
老いて立って歩けない
歩こうと思っているのだが　よろよろする
足を尾鰭のように動かして進む

手さぐりの指は　宙を泳ぐ
水の中でもひからびた唇
濁った血のにじんだ眼
なにもかもぼんやりになった

かつてのように激しく
憎み合ったりしない
くぐり抜けてきた瑣事の
ゴミの海

ぼこぼこ　気泡の音がする
深夜身体を寄せて　硬くなった肌をごそごそこすり合う
老いのしらじらとした朝
波打ち際に喘ぎながら　打ち上げられて

情景

段差がある
重い荷物を持った人や　考え事をしている人は
そこで転ぶ　倒れる
胸や　腰や　腕を折り
もう一　二歩が踏み出せない

暗証番号を押すと開く扉
忘れた人は　入れない
記憶力が劣っている人は　外で暮らすことになる

建物の回りを巡りながら
数字を組み合わせ続け　一生を終える人もいる

水族館のぶ厚い隔離窓から　海の窓は続く
魂がクリスタルでないと　通過できない
胃の中で泳ぐヒラメのフリカッセ　エスカルゴのバター焼き
誰か思い出されて
わたしの家族だろうか　わたし自身だろうか

ビルの屋上や螺旋階段から　空中に
扉を開ける人もいる
思ったより簡単に開くのだろう
住宅街を空から見れば　無数の穴に見える
その穴底を抜けてわたしが　小走りに買い物へ

おじさん

おじさんが前後に身体を揺らして包丁を研いでいる　四十五センチも
ある肉包丁から十センチのカービングナイフまで十本ほど並んでいる
おじさんはスライサーを使うのが嫌いだった
広々とした野原で草を食み白い雲を眺めていた鳥たちは　おじさんの
手にかかると　羽を毟られ　足首を括られた　吊り下げられる
牛も豚も　どこか遠い国から運ばれて来て　ぶ厚い壁のようにぶら下
がっている　おじさんの腕の見せどころは皿の上　片身を剥がし串刺
したまま　碧い目の魚の鰓と尾鰭をピシッと動かすことだ
踊り海老は客の口の中で撥ね　蛸の足は舌に吸い付く

厨房で一番活躍するのはおじさんではなく　フライパンと大型金庫ほどもあるオーブンだ　子豚と七面鳥の丸焼きに　時々素性のわからない照り焼きが紛れこんでいることもある
五右衛門風呂のような回転釜がある　一度にお湯を沸かしカレーを作り　大量のじゃがいもやパスタを茹でる　舵を回し中味を鍋に移す時火傷しやすい　おじさんの太い腕にはあちこちに火傷の跡が残っていた
おじさんは店の開店を見届ける寸前に脳溢血で亡くなった　幾つもの厨房を渡り経験を積み　やっと自分の店を持てたのに

野外コンサート

五万人収容のスタジアムが満員だ
入口の前では　飲み物や　アイスクリーム　ホットドッグや　お好み焼きなど雑
多な物が売られている
入場券を渡して入るとすぐ　仮設のトイレが設置されている場所が　開演前に利
用する人々でごった返している
少し異臭がするその横を急いで過ぎ友人は座席を探してくれた
ロックに演歌民謡ギター演奏となんでもこなす　老若男女に愛されている国民的
歌手だという

その人らしき影が少しだけ見えると瞬時に喚声が沸き上がる　数千の照明が闇から世界のはじまりのように点火される　怒号が空に共鳴して　騒音が積乱雲の形に踊り立つ　人々の声に足元が振動して揺れる　左右の巨大な黒い箱から雷の音量が発射された　振り上げた腕から心臓をぶち抜かれる

大写しのスクリーンと同時に　上手から光りものの衣装を身に着けた小さな男が走り出てくる
画面の中では轟々と音をたてステージを走り回る機関車の大男だ　観客は男と同時に我を忘れていく
わたしは野外コンサートの一体感に興味があった　歌い手は誰でもよかったはずなのに友人がくれたペンライトを激しく振り回しているのは　まぎれもないわたしだ
下から映したカメラが　ますます巨大化していく男を捕らえていく

新生の人

建物全体がメッシュのシートで覆われている
舗道からはぬいぐるみの
お化けに見える

ひと晩じゅう降り続いた雨で
シートに雨粒がくっついてガラス状になった　巨大な水槽
展示された人間の暮らし

部屋ごとに緑色の硬質プラスチックで区切られ

ドアを開けたら水が流れ出してしまうので
人々は内側から鍵を二重にかけている

少し目線をずらすと　印刷された波模様が見えてくる
カーテンは海藻のように揺れている

海の底だ

膝や腰を揺らせ　踊るように食事をする
泳ぎながらテレビをつけて眺めているようだが
あるいは　ずっとうとうと寝ているのかも知れない

高齢でうっとおしくなった目に紗がかかり
外の景色はむろんわからない
一日に三度リハビリのように同じ動作を繰り返す

なんでも助けあう余生づくりとのこと
牛や豚よりも下等に暮らしてきた人間が神と言い
この建物の中で新生の人になれるだろうか

桜

さくらさくら
さくらのくらさ
くらさのにくさ

桜は嫌いだ
いっせいに花が咲く
いっせいに散る

命を捨てろと言われて

命を捨ててきた
この国の苦しさが嫌いだ

さくらさくら
笑ってみせて
桜はなぜ咲くのか

命を残すため
漲る樹体をさらすのさ
春に消えていったあの人の病いが憎い

鋼鉄のような身体を持ちながら
崩れていった魂が嫌いだ
「花の輪郭のまま押し返す

花の輪郭は鋼鉄のようでなければならぬ」
自死した詩人石原吉郎は歌った
さくらのつらさ

叔母さんの音

父と母が連れてきた叔母さんには　わたしよりひとつ齢上の娘さんがいた
わたしたちは曲馬団の少女のような遊びをした　両股を開いて畳に着くかどうか　後ろに背中がどれだけ曲がるか
夜中わたしが目を覚ますと　叔母さんは食堂でよくなにか書き物をしていた　叔母さんの背中は闇に薄く細く浮かんでいた　頭も手も足もよく見えなかった。
あれは叔母さんだったと思う　紙を滑るちびた鉛筆の音がしていた
叔母さんの着物の紋様がふんわりわたしの網膜に

しろい大きな夕顔の花だ
咲く前にはねじれた蕾をふりほどくように　ホワッという音をさせる
とか　だがその音を聞いたことがない　咲く瞬間も見たことがない
なのに叔母さんは両掌を合わせて花びらが開く仕草と一緒に
「ほわっ」と息を吐いてみせた
首がかしぐその時のおばさんの優しい呆けた顔が好きで　わたしは何
度もせがんだ
「ねえどんなふうに咲くの？」

今夜は満月だった
物干し台に出てみると　昼間はなかった淡い紅がかった白い花が咲い
ている
残っていた雑多な種を今年の春蒔いたのだが　その中に混じっていた

らしい
幼い日には見たことがあったけれど　おとなになるまで見たことがなかった花　夕方に咲いて朝にはしぼんでしまうから働いている間は目にすることがなかった
二階に仮住まいしていた母娘のことを問う人もなく　もうわたしの父母も居ない
ひとり長生きしてしまった

わたしの日傘

着古した上着　泣きはらした顔
誰にも知られず
誰にも干渉されないよう
ひっそりあなたを隠してあげましょう

わたしは今日も　色とりどりで歩いて行くわ
信号で止まり
ショーウィンドーで微笑
そのたびに　明るい花になる

風当たりの強い日こそ
わたしの骨格にあなたをひっかけ前へと進む
通りに身を消してしまいたいなんて
アスファルト道路に呑み込まれてしまうだけ

わたしは日傘　仲間が集まれば大輪の花になる
雨の舗道では　未知数のアメーバになって靴が蠢く
明日　あなたはどんな空の下？
共に笑顔をかざしましょう

トレーニングスタジオ

刑具マシンが設置されている古いビルの二十階
監視人のかわりに数十台のモニターが設置され
全フロアがガラス張りで仕切られている
人々は鳥や獣を具象化した高価なウェアに身を包み
われとわが身を拷問へと駆り立てる

執行人のコンピューターから
免罪符のトレーニングメニューが渡される
力む顔からは間歇的に唸り声が漏れ

歓喜と陶酔はすでにプログラム化されている
顔も名前も生まれも育ちも役に立たない
筋骨隆々とした鋼の肉体ほど評価は高い

肉体に架される様々な刑に耐え
長く生きのびなければならない
常に肉体を鍛えるために鍛える
生きながらえるため
愛することも愛されることもなく

食卓

ぼくに家族はいない
食事のたびにどこのだれかわからない人たちが
押しかけてきてぼくの隣の席で
おいしそうに食べている

友人はぼくの勘違いを話題にし
笑いとばし面白がっているので
ぼくは更におどけてしまう
笑いすぎてふっと気が付くと誰もいない

ぼくの女好きを知ると上司は
のけぞる話題を詰め込もうとする
どこか海辺の美味しい生き物を
誰かが唾液でからめとろうとする

いつだってぼくは食いものにされ
餌にされてしまう
重ねた食器には油脂だけが残っている
知らない家の食卓にぼくはいるらしい

正体

全身に真っ白の包帯を巻いた人が鎖に繋がれ
四つん這いになって歩いて来る
目も耳も隠されている
いっそミイラなら動かなくてもすむし
病院の中ならベッドで眠っていられるのに
長い間養われてきたせいか包帯は汚れ擦り切れている

ぼくの身長は先週から十センチ伸びた
だから見えてしまったのか

見たくないのに見えてしまうもの
町を歩いている人々には普通の飼い犬でしかないらしいが
ぼくが公園を通りすぎようとしているとき
路地裏をまがろうとしているとき

本性を暴きたくなる
布切れをほどいてしまったら何があるのか
あちらも何かを察知してしまうのか
激しく吠えたてる
牙をむき出しにして
襲いかかる　人間を捨てた狂暴さで
包帯の端を踏んで必死に抵抗するぼく
白い布はずるずると解けていく

布はぼくの手足に巻き付きからみつく
いっこうに正体には届かない
でもぼくは終いには巻き取られ
いつでも人と犬は入れ替わる

球

1

見上げた空に
五色の球が浮かんでいます

球の中央は臍のように柚子の窪みのように
凹んでいます

やがて　窪みに草がはえ
一本の木が育つでしょう

花が咲き　実がなり
鳥が来て球の意志を持ち運ぶでしょう

2

球なので　少々凹んでも
すぐ気を取り直します

転がります
堕落とか奈落とかに興味津津の様子

全身で
ぶつかります

球はうれしくて　隠れます
悲しくて　弾みます

猫ではないので
肉球の足跡はつきません

3

夕陽と一緒に球は
永遠の電動椅子に座り
自分を　忘れます

4

ボソボソと聞こえてくる鼻声
かすかに頭髪の触れ合う音

脳霧のようなものがどこからか湧き出ています
蒸気とも燻ぶる煙とも冷気とも見えるのです

引き裂かれた悲しみの声　孕みの声
熟みの声　産みの声　倦みの声　呆けた声

女性の性を生き抜いた満足感のようでもあり
充実した一個の眠りのようでもあります

りんごのようにしわしわになって
香りも消えて

祖母とそのまた祖母と
また祖母の親たちがいます

5

人類がいっぱい
重いので　神さまが怒り出した

風が聞き　嵐が伝え
洪水が答えた

わたしたちは　みんなきみの上で
命がけ

6

人はそれぞれに
胸に球を抱きながら
死に向かって歩いていく

愛する母の胸であったり
憎んだ父の心臓であったり
爆弾のよう　こわごわ大切に

しずかな人はそれを
「魂」と言う　「志」と言う
横やり好きは　情熱だ　欲望だと騒ぐ

球の中味は
市場で　お金とも
交換されるらしい

7

就職戦線を勝ち抜きやっと就職した
辞めるつもりの会社批判が受けとめられ
新しい上司のプロジェクトチームに入れられた

新人企画は案の定　邪魔が入って
ジャラジャラ　不発で逆うらみに落ちる仕組み
畑違いの窓際

手首をひねって　自分の運命を回してみる
球が　飛んだり撥ねたりしながら
裏方にあやつられ

ひとつぐらいは当たりの仕事もできようが
身につく何もなく
見る間に流れ落ち　舞台下に消えていった

逆さに落ちていくだけの運命
今だに軍艦マーチだの訳がわからないリズムが

闊歩して

8

体は食べ物でできているから　食べなければ
だが四千メートルの高地に住むその民族は
何年も何月も　ほとんどジャガイモしか食べないそう

彼らは完璧なジャガイモ体で
おいしいベークドポテト　温かい粉ふき芋
病気ひとつせず

今夜は　満月
希薄だが純度の高い酸素を吸って

娘の嫁入り支度に余念がない母

9

ひとり暮らしをするようになって十年になる
すっかり居心地の良さに慣れてきた　寂しさより自由を選んで久しい
ところが最近変なことが起きる　わたしのすぐ傍に何かくっついているらしい
歩きにくい　肩が重い　背中にぴったりと張り付いている
怖がりのわたしが少しも怖くない
わたしの心と体から気付かないうちに出てきたもののようで可愛い
顔らしいところがあるが　表情はわからない
時々暗がりから足が付いたり両腕が付いて　わたしに触れに来る
温かかったり冷たかったりするのが気持ちいい
息の音が優しくわたしの耳をくすぐる

甘えて鳴く猫は飼ったことがあるが
水も食べ物もいらないのでなにが欲しいのかわからない
寝転んでゴロゴロ　うれしそうな高い声で笑う

10

「おーい」
「おい！」
「おい！」
精神病棟の向こう側から野球の練習をしている中学生の男子らしい声がこだましている
花梨の実が幾つも落ちている
どんぐりの実もたくさん落ちている
ススキの穂が光っている道を車椅子を押しながら歩いた　小さくなった友人を乗

っけて

断りきれずに　同窓会旅行に行ったという
疲労困憊のまま帰り着き風呂に入った
朝　息子さんが出勤前に探すと　まだ風呂に入っていたそうである
ひとりで風呂からあがる体力もなかったらしい
すぐに救急車を呼んだ
長時間湯船に浸かっていたため　皮膚から感染症を患いひと月の入院期間に足腰
が弱り
認知症状がひどくなったという
息子さんに案内されて運動場らしい処まで歩いた
小高いその場所からは　眼下に住宅街と遠くの山並みも見えた
誰の忘れ物なのか　気が付くと足元に白いまっさらのソフトボールがあった
わたしは躊躇せずに拾うと　投げた

秋の澄んだ空と流れる雲の間で　車椅子に座ったままの友人の胸に
友人は両手で受け取り　わたしに投げ返した
わたしは必死でボールに駆け寄り両手と脇で受けとめた
二人で繰り返しているうちに　不意に
友人は　見ていた息子さんの方へ高く片手で放り投げた
息子さんは左手に紙袋を持ったまま　スッと右手で受けとめ　投げ返した
友人も片方の右手でたやすく受けとめ　ゆっくり投げ返した
いつのまにか暮れかけた空のした
三角ベースになったわたしたちのあいだを白いボールが飛び交い　みんな笑った

11

留守番で一歳半の男の子と添い寝をしたのです
彼は周りのみんなに似ている顔をしています

すこし荒い息が小さな鼻腔を行ったり来たり
開けた口元の奥で　舌先が時々　口蓋を突いてピチャと撥ねたりくるまったり

この子の二人の兄と両親は　川向こうに花火をしに行きました
昔ながらの線香花火ならまだしも　ジェット花火にロケット花火　蛇花火
この子にはまだ危ないから　わざわざ起こさなくていいとの判断です

彼の指先の上に　わたしの手のひらを重ねておおいます
暗がりの中でわたしの視線にも気づかず眠っています
わたしの下半身ほどの身長のこの子が　大きくなり
やがてわたしの背丈を越えるでしょう

添い寝の子の閉じた眼の中で回る玉　震え脅えるような
闇に吸い込まれていくゆったりとした速さと

まっすぐに溶け込む線香花火の光りの滴りが　落ちて

五十数年前　炭鉱の炭塵発火爆発の事故で
五百名以上の子どもが父親を失いました
社宅のあちらこちらで黒白の幕に　樒が立ちました
子どもたちは大きくなり　父親が炭鉱で働き命を亡くしたことには口を閉ざして

男の子は顎をすこし持ち上げ　ゆっくり目を開けると暗いので
また目を閉じ　開いた右足を左足にかさね
窓の方へ向き　振り返ってわたしを認めると
泣きもせずに胸元にすり寄ってきたのです

わたしは小さい男の子の呼吸に　かれの手のひらを握りました
親がいなくても泣きもせず大きな目を見開いて　耳を澄ましています

わたしとの薄暗い静かな時の中で
破裂した数々の打ち上げ花火の無音の光り

12

ぼくは風のかたまり
誰のものにもなれない狂気
ぼくであってぼくのものではない
ぼくの生き死になんて勝手に人間が思うこと

ぼくは潜んでいる狂気
見つけたら　きみの胸にしっかりだいておくれ
抱いたらすぐに　放しておくれ
ぼくはたえまない自由

ぼくをつかんだら　耳元で土鈴のように振ってみて
ぼくの活きている音がするよ
だれかの足音のような
きみ自身の心臓の音のような

13

朝焼けの雲はどす黒く
血の色を隠してひろがる

先人の流した血の跡を　朝の数分間みることができる
それは有史以来のものか　新しい明治頃からのものか

母を蹴って　血を蹴って　地を蹴ってわたしが生まれ
返り血をあびて窓辺に転がる紅球ひとつ

朝は母親の胎盤から　昇ってくる
朝のひかりを浴びて立つ恐怖

14

球の中に
土をとじこめ
海をとじこめ

球の中に
山をとじこめ

河をとじこめ

ビルとビルのあいだに

空をとじこめ

生かすか殺すか

地震みたいに揺らしている奴がいる

15

シャボン玉を丁寧に吹く

まんまるの虹ができるまで

口をすぼめて　鼻先に両目が寄る

七色模様が流れて揺れる

こわれないようにゆっくり　ゆっくり

小さいシャボン玉なら無数に吹きあがる
ストローの先で疑問符が問う
ここはどこ？　わたしはだれ？
どうして消えるの？
透明な球の中で懐かしい顔が浮かんで

16

だんご虫みたいに丸まって眠るしかない
如月四日
「鬼はうち」
鬼まで取り込む貧しさ

売ってもいいよ
あたいの素寒貧の血筋

17

ドッチボールは怖かった
顔に当たると紫色のお化けになるから
いつも受け止めることができなくて逃げ回った

ある日　見えないボールが灰色の猫になって
わたしの胸へ飛び込んできた
思いもかけず抱きしめてうずくまった

怖かったもの　避けていたものが

温かく穏やかに　胸におさまることがある
ゲーム・オフの確かな日

18

叩かれればたたかれるほど
弾んで
エネルギーを溜めていく

首　引っ込め
手　引っ込め
足　引っ込めて

首が向くより

手で示すより
足で駆けるより
もっと素早く

まん丸な　真っ正直は
叩かれればたたかれるほど
弾んで　エネルギーを溜めていく

19

手を出すな
足を出すな
頭を出すな
死者たちが待っている

歩くな
走るな
首を伸ばすな
死者たちが網をかける

できないことは
できないと
できないまんま
芋虫みたいに丸くなる

20

地球は母

地球の内部は母の胎内
深く見事な血脈で繋がって

曲がり角は沢山あるけど
国境はないから　土民も移民も流民も
右往左往しながら
声かけ　行き交い

地上で　いつまでも戦争するより
地下の見事な道で繋がって
ひとりひとりが命がけで
母胎深くどこかに　楽園を創ってみる？

東川　絹子（ひがしかわ　きぬこ）

詩集『長針だけの時計』1979　編集工房ノア
　　『コロンブスのタマゴ』1984　編集工房ノア
　　『ママは電子レンジ　パパは冷蔵庫』1998　猫の手広場
　　『灰ひときれ』2006　土星群　他。
絵本『うちゅうはなび』1994　実教出版
　　『海底の紙ひこうき』2018　同時代社

詩誌『オリオン』所属

〒612-0029　京都市伏見区深草西浦町
　　　　　　1-10-3-406
Eメール；kinutantan@ac.auone-net.jp

ぼくの楽園《らくえん》
二〇二〇年九月四日発行
著　者　東川絹子
発行者　涸沢純平
発行所　株式会社編集工房ノア
〒五三一―〇〇七一
大阪市北区中津三―一七―五
電話〇六（六三七三）三六四一
FAX〇六（六三七三）三六四二
振替〇〇九四〇―七―三〇六四五七
組版　株式会社四国写研
印刷製本　亜細亜印刷株式会社

ISBN978-4-89271-336-1